火宅

徐培晃 著

詩是阿晃的內分泌

陳器文

阿晃有一頭細軟的亂髮，一心一意要作詩人。

國一時期十一、十二歲的年齡，根本就是個渾沌未開。在盛夏昏昏然的教室裡，偶然聽到名演說家侯文詠唸大詩人的詩「折一張荷葉……包一片月光……夾在唐詩裡……扁扁的相思」，像是觸了電，荷葉帶著濕潤的手感、月亮清亮透明還有涼涼的味道，自己與荷與月與唐詩渾然一起跌入濃綠的相思裡。詩的聲音染上顏色，帶著氣味，沁入心脾如此這般撩人啊。當時年紀小，不太懂，不懂自己已經進入了青春期，瘋魔就此開始了，開始了十數年「拼了命向前」的尋尋覓覓，尋覓隱身於文字、語言、口唇乃至眼波之間的繆斯。佛家講眼耳鼻舌身意六觸，六觸皆空，無形無狀不成方圓，阿晃常常陷入冥思，文字是積木，阿晃著迷地堆了又砌，用聲音、韻調、光影與圖痕，抓住瞬間現象，出神地揉捏、砌造著文字，想把意境形象化，把川流不息的動態現實定格。

古來詩人皆寂寞，阿晃的知音不多，一旦寂寞起來就寫詩，十七歲情竇初開的阿晃寫少年維特的煩惱：

在這個夜裡　你仍可靜靜傾聽
看我的影子如何踩霜向你走近
走進，並迷途在你多霧的夢境

——〈你可以靜靜傾聽〉

廿七歲的阿晃還在求偶期，「你的頭芒是風…你的頭芒是雨…人講阮的思念是擔水度山嶺／阮說阮的相思　是追月毋知累／／那知你是對那去／抬頭猶然孤月明」〈風雨淡薄〉，寫浪漫的追求，也寫熱情的身體詩：

夜裡的私語都成了汗水懸在髮梢
我順著你的髮際爬梳昨晚的星座

你的呼吸如水流從我頸後汩汩而過
摟住我　再緊緊摟住我

——〈我是如此耽溺肉身〉

詩是阿晃的內分泌、阿晃的荷爾蒙，不寫詩，靦腆而又諾諾少言的阿晃，與誰迎風對望，與誰月夜私語？然而就像台灣大多數文學院的博士生一樣，四處打工的阿晃，騎著重型機車奔往台中東之東，講授兩節應用中文，上下班車水馬龍時節又加速奔往台中西之西，講授兩節現代詩賞析，抱回各體文習作、自傳習作與現代詩習作等等源源有如春江水的作業回租賃的小套房一紙紙批改，每月所得鐘點費，大約就是台灣最低的薪資所得：「鐘乳石滴滴答答的秒針累積薪水／身體卻是破洞的口袋／青春噹啷落地」〈夜班〉、「聽說你一直撐著破了的傘／走在雷雨的街道／像淋濕的野狗／不知道為什麼望著天空／從夏天到夏天／一直騎摩托車／繞著城市」〈失業〉，阿晃自謔自嘲：活得像大退潮時以胸鰭爬行的彈塗魚，活得像深怕漏接面試電話的捕手，更像一件掛在風裡的吊嘎仔。然而，不論活成怎麼樣，不能活得像首寫壞的詩，阿晃打定主意好好寫詩，總有知音出現，總有下一個讀者會更了解我阿晃。

想把自己活得很有喜感，花了不少辛苦打工的錢，燙了一個新髮型，大夥看到吃了一驚，紛紛改稱阿晃為阿爆。阿爆把佛陀〈火誡〉讀過一遍：「般若如大火聚，四邊不可捉。」一切都在燃燒、眼睛和一切的感官都在燃燒，燃燒著情愛之火，憤怒之火、虛妄之火；這火由於出生與死亡，由於痛苦與快樂，由於悲憫、激動和欲望而越燒越旺；整個世界都在火燄之中，整個世界都被濃煙所籠罩，整個世界由於燃燒而耗竭，整個世界都在顫慄。讀完〈火誡〉，阿晃身心在顫抖，「心在方寸之內敲／像雲豹／在著火的森林逃跑」、「心就像彈出的彈殼／那樣高燒而不規則」、「螢螢火種／像燒紅的念珠／點點燙傷掌心」、「心，像鬥魚／在胸膛／對著玻璃缸衝撞」，按捺不住內在的騷動與癲狂，阿爆把辛苦打工儲存的錢提領一空，為自己的詩集取名《火宅》，無論如何，在服兵役之前，在大學畢業取得博士學位之前，在燃燒的世界耗竭之前，阿爆要在雪中取火，讓這世界慢一點、慢一點衰竭，讓心底如燈蕊般的那朵火種溫柔的燒。

回望遠端夾在唐詩裡的月光，沁涼，阿晃在國中寫完第一篇「我的志向」開始，便一心一意要作詩人。

向世界敞開的吊嘎仔

鄭慧如

一件晾在在午後陽台上的無袖汗衫可以在詩中營造怎樣的意象，又能有怎樣的意涵？徐培晃這麼說：

今天可以活得像一件吊嘎仔
晾在陽台
隨風空蕩蕩的飄嗎

睡到自然醒
賴床　像乾的咖啡渣

磨得粉碎
再也沖不出味道

——〈週末不工作〉

隨興、懶散、自在、無目的、不積極，但於表象的頹廢和從容中又有些癖性與堅持，似乎每一個片刻都消逝在他所知道的，然後再度成為無知，在未知的狀態中向世界敞開，擁有片刻的自由和片刻的責任，彷彿隨時揚帆待發。這首〈週末不工作〉是整部《火宅》的基調。

《火宅》雖然是徐培晃的首部詩集，但是徐培晃並非文藝新手。即將自中興大學中國文學研究所博士班畢業的他，至少從高中時期就不斷參加大大小小的各種文學獎而戰功顯赫，在新詩、散文、小說等各種現代文學的比賽中屢獲佳績，早就取下以文學獎為證明的那張「作家身份證」。徐培晃對新詩情有獨鍾，他以研究和創作的雙軌並進，一步一步追尋他心中的繆思，調整自己的腳步。也許新新世代的讀者不免好奇：既然如此，為什麼徐培晃的詩名似乎有些沉寂，也不似某些和他同世代的寫手那樣，在詩的活動中放出異彩，或在個人的部落格上擁有一批互相標榜、前呼後擁的「粉絲」？其實這正彰顯了徐培晃不隨俗、不同流的某些特質。仔細想來，反而很難能可貴。

《火宅》收四十八首詩，其中包括七首組詩：〈也許下個讀者會更了解我〉二首、〈擷取火象〉三首、〈哼月練習〉九首、〈小夜曲〉三首、〈情箋〉十一首、〈佛身出血〉三首、〈祇今，汝在我心懷〉二首。有幾首是文學獎的得獎作品，如〈也許下個讀者會更了解我〉、〈我是如此耽溺肉身〉。作者並未標明各首的寫作或發表時間，唯據自序：〈不斷崩壞的長浪拼了命向前〉一文推測，或許最早的作品是十二歲時夢囈一般的〈無題〉；則《火宅》記錄了徐培晃從少年時期至青年時期約十餘載的詩藝歷程，正是青春奔洩、火光燦爛的歲月。

儘管不乏符應書寫風尚的習作，或令人頗感熟習的名詩人風格擬仿，如〈晚安曲〉之於侯吉諒的〈交響詩〉、〈淋濕的翅膀〉的圖象詩戲仿、〈不要問哪吒與白蛇〉之於曾淑美，以及多處語調上的楊牧風，《火宅》還能展現自成一格的風貌，以之撼動讀者，並走穩它自己的路子。〈擷取火象・三〉就是雖有前人名作的影子，卻成功轉化的例子：「看到了嗎／我落空的胸膛／自從扳開肋骨的柵欄／飛走鳥後／關門與否／已沒有差別」，與飛馬的名詩〈鳥籠〉：「打開／鳥籠的／門／讓鳥飛／／走／／把自由／還給／鳥／籠」，兩相比較，徐培晃以胸膛為牢籠，企圖關住不存在的鳥而終究不成，徒留一口鳥氣，乃以「扳開肋骨的柵欄」為詩中人解嘲，復次將「心碎」的概念意象化，其獨闢蹊徑之功不讓非馬專美於前。

《火宅》書寫情慾的文字非常細緻、濃烈、誠摯，就中衍出既妥切又超逸的各種獨創意象，讓人從虔誠的詩行中感到那首詩的無可取代，進而浸淫於節奏的流動中，感受一種恍惚。例如〈我告訴自己這一切都不是故意〉：「我告訴自己這一切都不是故意／你像炊煙從窗口飄進來／在牆上留下頑童的痕跡／又翻牆離開／氣味已經在房間沈澱得很深了」、〈如果不是因為你〉：「如果，我是說如果／如果再重來一次／那時鐮刀的月尚未浮起／漲潮，怎樣我就感覺／兩株盛開的櫻花／潮聲般喘息……那時／你的手還在撫摩我裸裎的背／我能體悟潮水滑過沙灘的感覺」。寫戀人間的氣味和聲息，用的是煙霧和潮水，但不是「花非花，霧非霧，夜半來，天明去」的夢幻縹緲，而是以關乎口腹之慾與現實生活的炊煙表其氣息，坦蕩書寫無所不在、無可遁逃、呼息倚之的人之大欲；而以潮聲比喻戀人間濃重而鋪天蓋地的噓息、以潮水滑過沙灘比喻戀人撫觸裸背更可謂神來之筆，其敏銳及靈感，不由得讓讀者在嘆服之餘，感到作品內在的生命，進而更因作品幾乎自發的生命而遺忘了作者的匠心。至於寫情慾意象最凝練、最見用力的一首詩，自然非〈我是如此耽溺肉身〉莫屬。這首詩一看就是為了文學獎而寫的。這不是一句讚美的話；然而不影響〈我是如此耽溺肉身〉的動人。

聽說現在已經沒有人有耐性讀別人的詩了，特別是，誰耐煩再去讀一個初出茅廬而沒什麼新聞功能的年輕楊牧，而誰又在乎誰的影響的焦慮，誰又希罕哪個詩人用某某主義粉飾他的詩藝呢。由此我想到，《火宅》中的某些詩句，正不遠不近地道破了生命的怔忡，而讓人感到一絲慰藉。如〈離我遠一點〉：「你在離我很遠的一個點／掃地的樣子像秋風」、〈尋夢啟事〉：「停水時旋開的水龍頭／半夜突然痛哭起來／擦不乾的水聲啊撕扯睡意／我扭傷夢的腳踝／漏夜去包紮／白天剝開的新痂」、〈我清楚看見〉：「我清楚看見他回頭／望天　的神情／怔怔像一尾上鉤的魚」、〈哼月練習・九〉：「當一切都結束的時候／我想我會想最後一個下台／那時觀眾散場燈也已經熄滅，舞台上／終於我能像新月款款從水中央站起來」、〈汨羅碑〉：「昇不上空的熱氣球一面解釋懼高症的病例／一面祈禱上帝啊讓我爆炸／讓我的靈魂最貼近你／請你折磨我／毀滅我／求你！

／砰」。這些詩句裡的沒勁與無奈令人咬牙切齒，因為那種透不過氣來的苟延殘喘，正侵蝕著許多當代人的脾胃與心靈。然而對某些人而言，那就是生命原來的樣子，所以它們也會讓某些人久已消沈的詩興死灰復燃。《火宅》的全然創造，在於作者對生命的真摯回應。詩中人從不助長自己成為大人物，或活出某種超越自己生命面貌的傾向；帶著詩中人生命中所有的不一致，讀者可望感受其中的當代觀念與思想，跟著浮想聯篇，想入非非，當自己是一件午後陽台上晾著的吊嘎仔。

自序：不斷崩壞的長浪拼了命向前

隨著地形的走勢越接近海岸越淺，浪壁越掀越高，一道綿綿長浪終於撞上了岸，立即崩壞，碎裂的浪花以一種奔跑的態勢沿海岸線向前，滾滾長浪像脫線的花邊，一扯，滾繡的花邊在翻動中解構，不曉得何時是殆盡翻花之時，天色昏暗的大海邊，不知道何處是海岸的盡處，回頭看一路行來的長灘也越遠越發看不清楚，碎裂的浪花似乎是持續衍生，似乎又不盡然是，每一刻都有其獨立翻飛的態勢，唯其是同一道湧來的長浪所催化，帶有銜接的痕跡，於是乎在指稱的時候不免簡略。

但是內心怎麼會不暗知此間的殊異？

開口想說些什麼，唯獨腳下瞬息生滅的浪花或容把握，卻顧所來徑，不過稍遠處罷了，已然隱蔽在昏沈沈的天光裡，再更遠一點，似乎都已埋沒，沙灘和大海和低沈的天，全都成了不可辨識的一片漆黑——長浪滾滾向前，逐序捲起浪蕊，我站在黯淡大遼闊的舞台上斷無退路的向前跑，時光如浪亦如焰，彷彿大火在腳後跟燒，能把握的：我只能說我是這麼記得——

我在蓮池旁等待
落起的蟬聲敘述它的存在
——蛙聲響起
對對戀人遠去　而
月影正緩緩歸來　驀然
你的倩影在冷香間綻開：

欲言又止的唇是半掩的門
及腰的長髮是三月柳條的春
霜封的眼眸鎖著脫兔的靈魂
嫣然的臉龐抹上陌生的嗔

純粹是一種音響，節奏，模模糊糊的影像在前頭，彷彿若有光，遂往那兒去了，那時的我才國一，什麼是陌生的嗔？什麼是脫兔的靈魂？好像已經了然於胸，又似乎不盡然如此，對某種聲響與形象的組合之追求，引我走在一條比較寂寥的路，以一種比較少數的眼光探索這個世界，對初滿十二歲的少年而言，帶有某種秘密的樂趣。當時還是卡帶的時代，向同學借來一張侯文詠的有聲書，他說出了：「佛於是把我化作一棵樹／長在你必經的路旁」，他還說：「那就折一張闊些的荷葉／包一片月光回去／回去夾在唐詩裡／扁扁的，像壓過的相思」形象與音響所帶來的震動，頓時凌駕講演的主題，某種悸動遂尋求出口，於是乎率爾成篇，似乎沒有什麼掙扎，猶疑，琢磨，自然而然的起手之作，雖然模模糊糊的題名「無題」，卻是少年時唯一留下的篇什，其他的，在隨意或者說有心間，都如時光聚沫般，消散了，可能是因為美感的篩選，也或許是生命記憶的刻意脫落，終究無意多作追尋。

而今觀之，當時到底是自覺的持續向前挺進，抑或是情感想像的宣洩下便宜的出口，難以斷定，一種引力讓人在不曝光的角落一息不絕地保有書寫，發表觀眾掌聲云云，似乎都不成其為問題，自開自落，純粹，隔絕，於今的我斷然無法回憶當時是以什麼樣的主題形式樂於自彈自唱自我鼓掌，對於那一時期的歷程也記憶得相當淡薄，恍惚是一個大浪過後萬般都已平復，沙，鹽，水，各就其位，什麼也不留下，什麼也沒帶走——雖然事實絕不純然是這樣子的——但是缺乏某種意志追尋的軌跡作為證據，記憶中那憤懣，敏感，封閉的少年，似乎與我無關，似乎只是生命歷程中某個錯身的身影長留腦海——雖然事實不會只是這樣子的——

只是難道將書寫擺在眼前，就真能重述什麼樣的軌跡？時光如一道長浪，先撞岸的浪頭捲起千堆雪後，滾滾向前，原地，也就平復了，一種怵然驚心的寂靜，或者時光也像一場大火沿途吞沒，回頭的一切都在烈焰中崩塌了，無從搶救起，只剩詩作，隱隱標註某個階段意志力的介入，展演，聊為存在的證據，當長浪刷過這一點灘頭持續地向前推，是時片面的攝相同時加深了延續與斷裂的感受，提示曾經生滅的浮花浪蕊，以點點虛線貫穿行人蹤跡，站在現下的浪頭回顧已然崩坍的水花餘燼，現實不可改，記憶不可改，書寫作為意志存在的證據歷歷在目，在收編集結之際可改否？

篇章的挑選，純屬後設的印證，無論是關注的內容主題或形式手法都今非昔比，曾經熱衷的構圖，陌生得像闊別已久的故鄉，熟悉中揉合著生疏，昔我往矣

——今我來思，〈你可以靜靜傾聽〉作於十七，是唯一收錄的高中之作，十餘年後撫卷觀之，究竟要聽什麼自己也欲辨已忘言了，更確切的說，在某段時歲中，回想彷彿全部的書寫好像都是純屬感覺的流動，文字在形象聲響氣氛中離合聚散，當時便無從詮解何以致此的質疑，惟其此中全神貫注的純粹，猶然在腦海中熠熠閃閃。

往復折衝於今昔之間，固然有數處毅然動手再造，仍盡力保留是時的風貌。全書大致依時序排列，隱隱展露出關注面向的變換，其中〈追鹿者排大木〉用邵族神話，〈早蟬〉、〈我清楚看見〉導源於喧騰一時的第一家庭案，〈十四行信殘卷五〉直書年月，可見當時形式上的企圖，雖然最終不成報章。〈佛身出血〉、〈如來血花〉感於零八年京奧的藏事，藝術的感染力固然希望超脫一時一地一事的圈束，但是在追尋普世共通的情懷時，也唯恐具體的悲劇，被蒸餾成單純的、面目模糊的背景，務必在藝術的的共鳴中抗拒稀釋。

抽象與具象，他者與自我，凡此種種議題做為藝術的命題是永恆的試煉，但訴諸生命中的顯像，卻是支離破碎的生活，雜亂，喧鬧，繁瑣，交錯著希望與失望，像火在山林燒，一頭驚怯的梅花鹿拼了命的向前跑，生活中的愛欲怨懟遠遠觀之，似乎是山頭星星的火光，陷溺其中，卻是大火海一片，欲念如火種，順著六根燒出熊熊烈焰，吞噬時空，向前吞噬時空啊不可暫停，逼人斷無退路的向前跑，如處火宅，拼了命似的，像長浪，逃避崩壞般地不斷湧生，不斷崩潰的長浪拼了命的向前，可能是地勢使然，可能是風勢使然，也可能是月亮在天際呼喚，隱隱不可見的引力拉著手向前跑使然，片刻代謝的浪花已無從捉摸，唯有參入時空的意志在點點發光，無聲大黑暗中微微點點緜緜的光。

輯一　你可以靜靜傾聽

你可以靜靜傾聽

你可以靜靜傾聽　在這個夜裡
群鴉飛向樹梢避寒　以及
湖面的冰往湖心探索的聲音
當晚雲崩落　冷風捲起如漩渦的
渴望，低溫　死亡　伴隨著
種種不祥的傳說
正埋伏在我們通信的管道。可是
在這個夜裡　你仍可靜靜傾聽
看我的影子如何踩霜向你走近
走進，並迷途在你多霧的夢境

所以　當霜已封而夜未央
你會夢見一顆星星
被埋在極東方以玄色的雲壤
在日出時　木化成一束日光

轟然　自海面抽芽
（且迅速的結實　茁壯）
我們將自層層葉下泛舟而過
而你所聽　只是風煙散盡
落葉閃過水面的光影
的聲音

離我遠一點

離我遠一點
你在離我很遠的一個點
掃地的樣子像秋風
煮咖啡的姿勢也很僵冷
「天涼啊……」可想見你正吁聲說著
在欲沸的咖啡壺中
許多回憶被虹吸起

也許你正豎起耳朵聽我
像巨蚌開殼
蒐集遠洋的消息　那麼
必須穿越許多鼾聲如同隧道
才能到達
屬於我的驛站
看我攤開地圖

推測遠地的時間
並剝著含羞草猜你是否入睡

這個子夜有點冰
在星斗俱熄的長夜裡
失眠的人如何也點不燃一輪明月
可是　你的咖啡壺卻能輕易沸騰
又急速冷卻　像枕頭
必須以體溫持續溫暖。
靠我近一點
秋天　是你的全部玄思
而我是一株敏感的珊瑚
正透露氣溫變化的消息

詠嘆調

終於，群星要啟航了……
你的腦殼下勢必落著小雨
緊貼你潮濕的掌紋
這一整晚
星星們將壯觀下洋
拋下船錨　激發夜色的澎湃
月光呵是呼嘯的汽笛

「你看」那時你指著視野下游
整座工業區是一隻破病的蝙蝠
翼膜穿孔，喘息
生命力停滯在侏儸紀末期
「那裡　我們曾經捕蟬的地方，曾經
　一些蟬蛻　風雨間打落的
黏附樹幹的昨天

　我們踩碎它」我試著
將彼此掌紋拼貼，錯密的河網
……會不會有海洋和大陸
　　同時下雨的時刻
星星在一大攤毛玻璃上滑行
沿途顛簸　如我的鬢角紛亂
我們曾在這裡回憶更早以前
麥苗上滴落高粱……
太相似的情境使時間觀錯亂
記憶是一綹嚴重分叉
待理　的長髮；我擔心
事物的牽連會綳斷在
老邁滿是皺紋的麻繩上……
然而同學們都下課了
各自書包一些記憶回家

剩下待領的部分
將徹夜在牆面投影
像極佚失的手稿
在不為人知的地方繼續搬演
連作者也遺忘的劇情。現在
整條走廊上　只剩下
我們背後的教室還亮著一盞燈
而我握住你的手　各懷心事……
出港的星星會撞見
長毛象在海面遷徙
逃避窮追的冰河期
他們作簡短的交晤
「冷嗎？」你問，終究天色靜了
「那時，我說　我們也曾在這裡　宣稱
　生命的荒唐就像酒醉的人

嘔吐後趴在路邊熟睡……」

明天逼臨
翼爪龍緊附船桅　而膽怯……
也許日後我將懷疑
是否曾真的握住你的手，畢竟
我們只是兩株各據灘頭的海芒果
毒液黑紫　如刺的孤獨
霧起時　各自目睹脫纜的獨木舟
獨自沉沒……
也許快下雨了
星星們將紛紛遠航，如鷗

當你是雨窗霧後的背影

或者，我曾經見過你
當我聆聽腐朽的音樂
睡在滿是塵蟎的床
閱讀隔夜的報紙
或者如同山脈趺坐在
雲靄的脊骨
而我跌入夜色的時候
潭水渴望有鷺鷥能驚動山林

潮水持續慫恿著月昇
如果明天的夢
需要今晚漏夜織就卻已更深
而我正喝著早已冰涼的茶
誰也無法確認我曾經遇過你
關於你的聲音你的掌紋你的指甲你的容貌

有如懷抱珍貴的古籍
卻無法辨識字跡
你的五官是舊書逐頁脫落
也許我並不認識你
但此刻確信我們都深陷
夜色　不可捉摸的枯井之中
最後一班車已摸黑撤走人潮
深夜的車站
只有月光輕拍著車窗
期待司機能為他開門

或者，我曾經遇見你
就像山巒奈何的撞見雲
南極與北極同等冷冽
卻不曾交集

當我撥開久放的柚子
舔舐融化的巧克力
從過期的信箋裡
挖掘字跡
一些模糊的反應
招致深層的探勘
你的臉龐就像
蘋果在冰箱裡逐漸乾癟
思念如蠟也封不住記憶的蒸發
……只是呵　對你
如同隔著數條街
恍然聽見笛聲

晚安曲

「喂　嘟　「喂
裡那在你　嘟　我在想你
貓黑隻一　中雨暴　嘟　抄小徑回家的路上
牆磚紅矮上跳　嘟　連袖口都被月光淋濕了
下燈路　立佇　嘟　睡前起身扣上窗戶
久好　嘟　驚見
離跳後然　嘟　月光滲漏紗窗
你起想我讓　嘟　而我想起你
……　嘟　……
夜月　裡那你想　嘟　想你那裡　暴雨
時當如語耳子蚊　嘟　收拾不及的衣褲
人惱言流　嘟　晾在廊下
床起　嘟　滴水
簾窗下放窗關　久久　嘟　涼透黑貓背脊；迴身
「睡入身返又　嘟　又跳進雨裡」

嘟　嘟

我們同時撥號
電波在中途　碰頭
折回
「忙線中請稍後再撥」
隨即關機入睡

蟬蛹蛾

蠶

我不斷的吃，蛻皮，吃，蛻皮，我吃，因為我吃，因為我在吃，因為我繼續在吃。自從某位偉大到佚名不可考的祖先整整吃光一株桑樹的臉之後，後代的血液顏色開始與食物遙遙呼應，我吃。我們有一段口耳相傳的謠諺，除了吃和睡外都在腦中留戀——唯一的——：我吃，吃掉外面和裡面的差別，我是拔河的中線，能吃掉自己，就吃掉世界。

蛹

誰能告訴我怎麼一回事，是溢奶嗎？吃下一張張慘綠的日曆，卻只喃喃出全然空白；祭司般不住點頭，蠱白的咒語……………

……………………………………

……………………………………

……………………………………

………………………………

當我再度恢復意識已然滿眼漆黑。可想而知未來的日子，不必吃、睡以後，思索——空白，思索——空白的苦楚將火撫我成一截炭筆，瘀黑，僵直，創痛像竹帚劃傷草皮。甚至我忘記了從前，除了謠諺的下半闋——忘記，忘記以前和以後的差距，我是太極的外圈，能忘記時間，就得到時間——因我努力遺忘而倍感清晰。

蛾

誰能清晰的出生到死亡？意識當初如果不吃桑葉那陰綠的符籙……
　於是終於知道成長是怎麼一回事了
　　於是回頭看見破繭就
　　　痛

也許下個讀者會更了解我

（一）

你的血液會流得比我更溫柔嗎
也許你正在這座陷於
塵暴和口渴的島嶼
遺忘我　也說不定
因為某種尚未能破解的頻率
致使你像夜線新聞
插播　到我夢境
來，說：
夜已經深到底了
也說不定

其實我已經非常疲
倦了　再也無力插手
夕陽一頭撞進山凹

夜如火山灰噴發
覆蓋這座城市之類的
瑣事　只要你入夢前記得敲門就好
我們之間沉默
一些　陰涼
也一些些
雨是否能淋透我們這兩塊岩地
已無所謂

（二）
容我設想與你的相遇：

那時我剛完成一場自瀆
成功地喬裝為
枯木　迴轉在街口

和所有伸手向我的岸
擦身而
過　不為什麼
就感覺地皮底下熔岩在
沸動　地震遙遙抵住
島嶼的喉嚨
不為什麼

恰巧這時你走出家門口
正為今晚入夢的題材
憂鬱著……似乎
我該對你說些什麼
例如地心的熱度穿透
岩層和你過厚的鞋底
觸及腳掌時

已然冷卻
之類的

尋夢啟示

停水時旋開的水龍頭
半夜突然痛哭起來
擦不乾的水聲啊撕扯睡意
我扭傷夢的腳踝
漏夜去包紮
白天剝開的新痂

淋濕的翅膀

雨雨雨雨雨雨雨雨雨雨雨雨雨雨雨一直下
雨雨雨雨雨雨雨雨雨雨翅膀在高樓間飛翔
雨雨雨雨雨雨雨雨雨只能苦笑　雨季總比
雨雨雨雨雨雨雨雨雨智齒的冒芽還要磨人
雨雨雨雨雨雨雨形同月光的翅膀難以克服
雨雨雨雨雨雨雨雨雨雨雨雨雨水溶的困擾
雨雨雨雨雨雨雨雨雨雨雨雨雨雨雨一直下
雨雨雨雨雨雨長翅膀的人被拱出鐵窗之外
雨雨雨雨雨雨雨雨雨雨雨蜥蜴般蹲在牆角
雨雨雨雨雨雨雨雨雨像滲水的牆那麼沉默
雨雨雨雨雨雨雨雨雨雨雨雨雨雨雨雨雨雨
雨雨雨雨雨雨雨雨雨雨雨雨雨雨我不知道
雨雨雨雨雨天的向日葵把頭撇往哪個方向
雨雨雨雨雨雨雨雨雨聽到收訊不良的廣播
雨雨雨雨雨雨雨雨雨雨雨雨雨才想起忘了

雨雨雨雨雨雨雨雨雨雨雨出門帶傘的叮嚀
雨雨雨雨雨雨雨雨長著翅膀無法貼牆而坐
雨雨雨淋濕的翅膀只比泡水的衛生紙高級
雨雨雨雨雨雨雨雨雨雨雨雨雨雨雨一直下
雨雨雨雨雨雨雨雨雨火車可以逃離雨區嗎
雨雨雨雨雨雨雨或者雨是現在星球的表情
雨雨雨雨雨雨雨雨我在鐵皮遮雨棚下　看
雨雨雨雨雨雨雨雨雨雨雨雨火車閃雨而去
雨雨雨雨雨雨雨雨雨雨雨雨雨雨留下鐵軌
雨雨雨雨雨雨雨雨雨雨雨雨雨雨雨雨一直
雨雨雨雨雨雨雨雨雨雨雨雨雨雨雨盯著我
雨雨雨雨一直下雨　　一直下雨　一直下
雨雨雨雨雨雨雨雨雨雨雨雨雨雨雨雨雨雨

擷取火象

（一）
大火沿森林追戰到海濱
不由得　喟嘆起來
逝者如斯夫
我該往那裡去
浪謔的笑聲隱隱作痛
惟暴風神情渙散的捲起灰燼

（二）
拾起你掉落的頭髮
網羅東風入懷袖
網羅西風入懷袖
網羅南風入懷袖
網羅霜風入懷袖
而你始終將頭髮梳往腦後，背對我

（三）

看到了嗎
我落空的胸膛
自從扳開肋骨的柵欄
飛走鳥後
關門與否
已沒有差別

臍帶紋

母親笑指著妊娠紋說
瞧　你出生時的
笑聲

每晚她偷偷打開針線盒
取出我乾癟的臍帶
一針針縫入自己的動脈

哼月練習

（一）

我繼續背誦你的體溫，寫詩
告訴自己喔我不孤寂

像月亮款款降落於水面
對倒影玩影戲詩的把戲

（二）

入秋了，不會冷嗎
難道真的忘記撲火的感覺？

風啊別再吹了別把雲牽走
更深露重我怕他真的著涼

（三）

請轉告在靠近月亮的路上
佈滿圖釘般星星的人
我是爬垂落的長髮上去
而且上面好冷記得多穿一點

（四）

天頂的月娘啊
刺叢裡的玫瑰已經紅著眼眶
把刺越吞越深了
你又何苦走得太急

（五）

如果確認本質的不變與時間性
那對我們所產生影響的就應該是

我們自身接收訊息時慣性的期待以及
下意識作用導致。反之則可能是我在撒謊。

（六）

樓上是在說：我看到的你的圓滿
與哀愁真的是你嗎？
你一向什麼不說地在那裡
站著，偶爾轉身，又轉回來站好

（七）

為什麼感覺不到你
我落下最後一片葉子並伸手向你
為什麼我懷疑你埋在霧裡的臉是濕的
黑暗中我提燈找你，步步回頭的找你找你再找你

（八）

長夜漫漫漫漫長夜慢慢耗
下去慢慢衣領的露水會慢
慢乾哦讓月光慢慢曬乾的
這漫漫長路果真無比漫長

（九）

當一切都結束的時候
我想我會想最後一個下臺
那時觀眾散場燈也已經熄滅，舞台上
終於我能像新月款款從水中央站起來

風雨淡薄

你的頭芒是風
把阮的心花一片一片吹落
匿一個目
隨飆去天邊
全無消息
留下的笑聲給[1]阮的夢毋當喘氣

你的頭芒是雨
一絲一滴來打碎阮的心湖
匿一個目
給日頭拐去
放煞春天
握未著的身影密在雲的後面

1 音同乎

人講阮的思念　是擔水度山嶺
阮說阮的相思　是追月毋知累

那知你是對那[2]去
抬頭猶然孤月明

[2] 音同堆

汨羅碑

我想把自己活活浪費掉　單純
像蠟燭把自己燒光的純粹　無所謂吧
我想　神聖的使命保留
給說話很大聲的人　保留神聖的使命感
也是少數能為自己創造的樂趣
畢竟沙漏也有權聆聽內臟漏空的聲音，
取樂。到底是一堆沙嘛，別緊張
終究是要漏空的　不必太急，一而再
我這麼安慰自己不要急……
□□□□□□
□□□　□□□□□，嗯，您說的對
您說的都沒錯，是我不爭氣，窩囊
我本應該把自己活得很有喜感，是的
擔任頑固中產階級的腳色，捍衛民族
像胖子驕傲挺出的肚腩呵呵我是富庶

的換喻，象徵，借代呵呵可以放肆
佔領對方視覺的領域呵呵，沒錯，嗯
我應該笑　嘻嘻　吃吃　咯咯　嘿嘿　哈哈哈
哇哈哈的笑　可是我就是嬲啊
昇不上空的熱汽球一面解釋懼高症的病例
一面祈禱上帝啊讓我爆炸
讓我的靈魂最貼近你
請你折磨我
毀滅我
求你！
砰
○
以上情節是我杜撰的　其實……
也沒這麼嚴肅啦　不過是一些無聊，
沮喪，和小小的失落感

拼圖出的……說後青春期吧
必須把舊的衣服典當還債
又怕陰險的氣溫突然冷笑起來
猶疑著——到底欠誰？怎麼我
記不太清楚　像漆黑裡　某樣物品抵住後腦杓
的恐懼　敢不交出□□？
唉……喔，對不起，我又嘆氣了
如果我是一塊蛋糕　現在　我只是想
把 自 己 的 佐 料 吃 掉
（不給你吃）
不行嗎？
失業率。成績單。
國族認同。反切上字表。
研究所。思慕的人啊　胡不歸　北風其涼。
我還想長得更壯、更高、更帥，或者更聰明

更肉慾或者更精神一些
也許米開朗基羅可以體會這一切
在神木底下冒不了頭　所以我樂意
把這個位置讓給排隊的人　真的不困難
畢竟你也暗爽我沒把根扎得太牢是吧
至於寫詩也沒什麼好，
大驚小怪的
不過就把體內過多的詩句排泄出去而已
難免有拉稀　或便秘
的不適　可能和你看到這裡時所產生的噁心
類似。沒辦法　我只是詩而已
又不是詩人　多餘的
送你好了　唉　我的憂鬱
就像夜來香的氣味　翻牆
撬開鐵窗　摸黑　到床沿

對熟睡的我勃然撫摩　那種困擾
訴諸文字即有某種無法剝離的
美感呦（我忌妒自己）
說到這裡　應該
足夠證明我一無是處吧——是吧？
燭火除了本能的自焚（自焚無法停止
的自焚　無法停止　自焚得無法停止）取暖　難免
會想知道蕊心的模樣
趕在蠟涸與燈蕊枯黑之前想知道
可是該把自己熄滅嗎　你說
光焰一再干涉我的逼視……
真要是到那麼一天，
如果我的名字不至於委屈一塊石頭
希望你在碑上能為我刻下：
生命　我來嘍

輯二　我是如此耽溺肉身

我是如此耽溺肉身

擱淺床沿的兩條鯨豚
用尾鰭彼此拍打
濕潤的肉身
陽光穿透窗簾射進我們體內
在凌亂的棉被上遺留
蝸牛行過的水印……

溯溪回黎明的發源地
那時陽光仍無從叨擾眼神匯流的路徑
我們像卸下盔甲的鱟魚
讓柔軟的肉身交換體溫
安靜的房間澎湃的氣味
謹慎翻身在流言伺機的床鋪
又唯恐被時針跳動的聲音刮傷
而這已經是昨夜的事了

我的嘴唇顯得青澀
口渴得像流沙
我像在汪洋抱住浮木般耽溺肉身
多希望今晨寒流來襲
那我們就可以再摟緊一些些
夜裡的私語都成了汗水懸在髮梢
我順著你的髮際爬梳昨晚的星座
你的呼吸如水流從我頸後汩汩而過
摟住我　再緊緊摟住我
趁肉身如同壁漆剝落
青春一夜滲漏殆盡之前
把脊骨當成燧石擦亮火光

我告訴自己這一切都不是故意

我告訴自己這一切都不是故意
你像炊煙從窗口飄進來
在牆上留下頑童的痕跡
又翻牆離開
氣味已經在房間沉澱得很深了
比記憶中黃昏最後一道
光的意識射進海洋
更容易聯想抹香鯨在海溝
集體直立入睡
不過整個過程就像黑白默片
只剩誇張的肢體表情
令我覺得有些麻木就是

隨著你的背影越遠越薄
空地的雜草已經竄到我的膝蓋

再不久就會淹過我的肚臍、下巴
然後連喊救命都是綠色的
我猜　否則也不用寫詩
可是你連我染棕了頭髮都不知道
更別說當南風吹起
留在牆上的手印盜汗
加速剝漆的事，
我依然瘦，挑食，常熬夜
右肩的舊傷隱隱酸痛
淺睡的困擾如白蟻蛀空我
等陽光從房間牆壁退潮
我會照例外出散熱
嬰孩也例行蹬毛蟹車到路口
按時攔截落日
然而一切只因為怕黑　能體會嗎

我家鄉的紅磚土難以耕作
每次寒流的風在午后暴跳
滿山的刈芒就吟哦芒花
斜陽裡　芒絨如雨打在每一釐土地
落日都忍不住搖頭……
唉　也許該回深海了
隔了很久以後才知道
芒籽終究在我體內爆芽
在芒葉款款綑綁我撕裂我之前
有誰因貼近我而被割傷嗎？
海底足以聽到地球的心跳
只要再深再暗再冰冷一些
除非誰從海面緩緩緩緩飄下來
否則我不會被找到
然而這可能嗎

颱風即將在天亮前離開
那時警報，謠言，以及一些
還沒拆封的信件和罐頭
都將被西南氣流引進的豪雨捲走
不過我的房間現在很安全
像潛得太深的鯨魚
察覺不到浪已經變凶
趁停電前趕緊入睡吧
希望牆壁在天亮時已經沖刷乾淨
不必再一睡醒就想天黑
任夜啊又是如此漫長
每回刺眼的月光曬上眠床
就夢見牽起你的手摩娑鬍渣
你圈住我的頸子輕撫我後腦反骨
細聲問：過硬的枕頭逼你徹夜翻身？

我把頭埋進被窩裡安慰自己還早
天還沒亮不應該醒來
我們當時就已經熟透了
為何沒有在你肩胛印下深深的齒痕

不要追問我的記憶

牆頹圮，生命的體溫
也漸漸安靜
即使笑聲譁然
噴泉已然濺濕滿地
請對我的昔日不要過問
就像斷了線的風箏
飄落在另一座山頭的草坪
被陌生人拾起……

入夢吧
不要追問我的過去
幽幽的燐火
孤獨站在深夜的暴雨裡
濕淋淋的
哆嗦著

所有的沙灘都該是這樣的
等不及下一波潮水
去沖刷　不如任憑雨
一陣暴雨打擊……

打開身體
又是新的日子了
讓昨天魚游進時光的海，現在
像雪地裡初現色身的薔薇
我的呼吸豐饒且乾淨
請不要再勾起我渾身的刺蝟哪裡來
就讓我靜靜卸下花季

回來了嗎

回來了嗎
夢沒有上鎖
你可以自己進來
寒流正燒過每一條街道
在你搭末班車走出月臺
向我靠近的路上
是否想過自己像緊繃的鐵軌間
跳出的高音

那麼冷——
寒流燒得比爐火更旺
熱水似乎越煮越冰，我想
我將整夜坐在沙發上
等不到水開的時候
就先睡著

而你會在門外嗎
茶放好了你可以自己拿水沖
已經播完節目的電視台
只剩漫長的廣告
無聲且單調地
撐到天亮

小夜曲

（一）

我衷心祝福你享有美好的夜晚
像鯨魚自在泅泳於海洋
匀稱的呼吸揮灑
清涼的大氣
白菊花的香是我祝福你
站在海濱遠遠眺望
湧起的浪花反覆拍打腳踝
透出窗外的燭光跌跌撞撞

（二）

如果你已經熟睡希望你已經熟睡
我微弱的祝福像星光在窗外
輕輕地響不會打擾你
遙遠的歌聲從天際撥開層層大氣

由大草原的那一頭
靠近你　綠油油的氣味
草籽的香點亮風鈴
就像螢火蟲的嘉年華遊行
叮叮噹的光芒好安靜

（三）

我衷心希望當你睡醒一睜開眼睛
就會看見陽光篩落葉片
像大鯨魚噴出水柱
水花濺濕你的身體
掀開的日曆　海豚般
縱身躍浪的嬉戲
清脆的陽光像歌聲
點亮我秉燭獨唱的夜曲

不要問哪吒與白蛇

不曾感覺有任何一刻比現在更輕鬆
（不曾感覺有任何一刻比現在更自由）
低頭看自己掏空的身軀——給我火
（我絲綢的肉身能攤在陽光下）
點燃我的心臟　濃稠的血液慢慢慢慢焚燒
（取暖，曬掉霉斑——我好快樂）
世界啊！在我的骨架崩塌之前
（官人啊！我只夠替你擋一幅傘的風雨）
你又多了一盞剔透的燈籠
（收傘以後官人你要自己學會躲雨）
只怪我的技巧不夠純熟還不到
（多小心，我們腳踝上的紅線）
能一劍劈開打結的念頭
（裁疋未成先殆盡　命矣）
徒手一塊一塊取出火盆裡焦辣的炭

（命矣　而今妾身如轉空的紡輪）
以供各位來賓取樂——對不起
（委棄於地　早知緣薄如此）
我再鄭重的說一聲　對不起
（賤妾自當拔除舌信與姻緣線相抵——）
任憑你們惡毒如禿鷹的眼神
（上師　塔底夠黑暗）
眈眈啄乾我的肉身　也沒關係
（湖心的水也夠冷血）
刮掉這印在身上契約的過程裡
（您為什麼還不開心？）
多少是會撕破一些皮紙——
（想必爾後冬眠的日子更漫長）
我已經快要無法感覺到痛
（除非每到清明湖水轉溫我也逐漸甦醒）

我的魂魄快要破土得到自由
（就想鑽入夫君你的胸腔盤繞在你的肋骨）
風，雨，新鮮的陽光
（勒緊心脈叱一聲：）
空氣　正向我招手，讓我走
（負心……雷一聲風一聲）
往東逆風呼喊的聲音刮回自己臉上喔讓我
（輾轉霜鬢　夫君）
走，往西，往西找西側霧裡的極樂
（癡守堤畔野草年年綠亦枉然矣）
我要到南邊的火山洗淨血染的雙手
（法海無邊你怎泅泳得到彼岸？）
然後北去，在雪地
（我不在碧落不在九泉）
像一株蓮花

（夫君你不停在輪迴不停在呼喊）
開在雪地
（亦惘然矣）

不要再叫我許仙

事到而今不如就
斷了吧　情索
爾後任孤舟在法海漂流
經文如潮水拍打船舷
彼岸恍忽正在後退
一掌掌摑來的颶風
雷霆，閃電，呵呵佛陀
波羅密多達彼岸的這條路
怎麼會這麼難走

濃霧般逼近的記憶
總在夜裡鎖住我的眼睛
前半生既已鬆手而去
不如就
滅了吧　情火

春夜誦經的我何必
癡想月光能曬乾湖水
塔腐爛　木魚開口……

罷了，罷了
而今夜更深　蠟焰更長
蠟燭更短　又聞敲更
娘子喔髮妻
我多想再問問你
當初何不緊緊纏在我的肋骨
若今我將磨破的袈裟投入湖底
你是否仍願意為我補丁

千萬不要錯怪小青

姊姊，我只是想知道
你有沒有愛過——我
你菟絲花似的氣息
曾經緊緊纏繞住我的頸
我無法呼吸
譬如捧出水面的魚
掌心的溫度烙在冰冷的身軀
姊姊……記憶的痲繩
是往年雪季
冬眠時候肉體交纏
的樣子　斬不斷的潤水乍融……
……也是你夫君
從背後鉤住我腰際
的情形　溫軟的亞熱帶颱風季……
歸去　如何不與我歸去

卸下胭脂水袖髮髻
回到深山林
石上裸曬的情趣
姊姊　我並不恨你
冰冷的湖水
而今流在我血管裡
想恨癡頑怨懟也已疲倦
，乏力

如果不是因為你

如果，我是說如果
如果再重來一次
那時鐮刀的月尚未浮起
漲潮，怎樣我就感覺
兩株盛開的櫻花
潮聲般喘息……那時
你的手還在撫摩我裸裎的背
我能體悟潮水滑過沙灘的感覺
任憑黑夜幪住眼睛
我感受你的呼吸，山穿透雲……
可惜這一切都是如果
如果而已
你該會咬住我的下唇　輕輕
不再讓血滲出
即使知道浪花會謝

天色總是會醒
你用臂彎將我勒緊
我的靈魂如水母抽搐
別說抱歉，真的
沙灘不會留下痕跡
況且這只是如果而已
海浪早將我捲去
即使你將臉埋進汪洋
我的體溫也已不在水花裡

情箋

（一）
分明在夢裡目睹失火的景象
有些類似盛開的薔薇
夢裡的我捧著詩稿狂奔向你
身後的火卻一把將我擄走
滿地散落的情箋
何時才能傳到你的手中

（二）
低潮，一片低潮
燠熱的夏，潮濕的呼吸
徹夜不萌芽的睡意
我想數羊入睡
卻瞧見羊們走失霧裡滿心著急

漸漸我感覺我從床鋪浮起
一定是我的內心已被掏空

（三）

隕石創傷地球的痕跡
隨雨水的匯流
埋在海底

我夢見我抱著你
我還夢見洞穴中
魚的眼睛漸漸退化
血冷冷的
只好抱得更緊

（四）

我說　秋天
世界驟然落葉
黑暗的傘轟隆舉起
你應該能從我的詩句
踩出枯葉的聲音

（五）

所以你還是夏季一次神秘的漲潮……
是招喚，我說
這是深海底的一朵白薔薇
永世靜待月光照臨
是窗口　也是……
如是俱足矣

（六）

你可以知道我的第三個夢：
一名騎士策馬入深林
月光從他頭盔照進去
森林像長春藤直蔓延
騎士猶豫一下又奔離

你問我涵義，傻瓜
你可以是月，是騎士
是森林　是那傾刻的猶豫
或是沒寫出的霧或鴟梟的聲音
我也可以

（七）

在意識的樓頂
我們吹風接吻擁抱愛撫
夢境　我說或者中暑
然後躺下

遠方的戰爭傳來星星亮光
天使在花園的角落偷流淚

（八）

轉眼夏天逐漸清醒
鳳凰木鏗然落莢
不如擁抱吧
趁我還在這裡

石子落入水中央越沉越暗越深
漣漪浮起擾亂岸邊水仙的倒影

（九）

我轉身　也許
整場夏季
是災難　也說不定
只是噴嚏——

落葉一板一板刮下
仲夏陰森森的暑氣
黑紫的瘀血讓我臉色倍加寒涼
窗口漸黃的金桔逼人淡淡心酸

（十）

漫長的海岸線上孤獨的向前走
乍開乍謝的臉色
像所有的浪花都不會結果

退潮時浪花突然湧濕旅人腳踝
我的生命就是這樣漲潮退潮間
潮間帶乾了又濕，乾了又再濕

（十一）

天鵝滑過水面
淡季多寂寞
候鳥徙盡的天空
好安靜

水面的落葉在迴流處緩緩擱淺腐爛
流水轉彎後依然前進卻又頻頻回頭

十四行信殘卷五

(一)

九月初九陰有雨
前一天也是西南氣流的天氣
近來　我因某些瑣事抑鬱
筋骨像受潮的書籍

許久不曾寫信
下筆每若破皮的舌尖
忐忑於深吻
疏於設韻

總是日子仍閒一陣
慌一陣　像搖擺的蘆葦
已過了白露之後就是秋分
向日葵也漸漸低頭入睡

不曉得春天前燕子都到哪去
不過我一直在這裡

（二）
十月十八日，風急
耳聞颱風北偏
將輕掠過北台的消息
平安，勿念

秋颱的行徑莫測
今夏風後混濁的水流
已斷然使幾座城口渴
話筒中我幾度因洗澡的事呼救

但颱風早在完筆前離去
向你追述風雨時的蝸居
照舊是斷糧挨餓結局
像燕子　在閃電中鎩羽

風浪頻頻誘惑著衝浪者
思念好比蘋果纏繞著蛇

（三）
離冬天和春天越來越近
所有的樹都在落葉
我不忍心說破這季節
沉默　詩中滿是雛鳥啾啾的聲音

（四）

十二月三日深夜，雨
百年首見的冬颱來襲
大陸冷高壓的共伴效應
台中無風，但是一直下雨

（五）

轉眼到零五年一月
前兩封信卻還沒寫完
寒流來了又走，乍暖還寒
的天氣，比脫韁的馬更野

是否過往真的可以如煙
一把火

十二月十四之湯

油膩的慾望沖乾淨了嗎
肥皂水流向陰溝
灌入尚未命名的溪流
我一層一層剝開斑駁的身體
拎著毛巾盥洗完畢
默默走入男湯

月光下
藉水面的倒影
憑弔一路上的自己
山的稜線溶化在黑夜
潺潺的水流和演歌
蓄在的胸口

昏黃的燈光
有人扭捏走了進來

想必他也是我
遺忘身世的兄弟吧
也是一頭膽怯的麒麟
壓抑，低鳴
害怕流血
由他入池的一剎
水溫微微升高
我還斷定他
怕孤獨

火身

我不該從你身上取火的……
我們之間只是肉體
黑暗裡　你說
請擦亮我的肉體
乾涸的河床仰望雨季
像臨時河道
湮沒八方野草
不過留下鵝卵石礫
也不要吻你　你說
懷抱仙人掌入睡
血　俐落地滲入流沙
靈魂床墊被單枕頭套都很乾淨
我朝一支沒有底的空瓶灌水
落地的水花濺濕自己
為什麼是你　為什麼

總都是你　聽
永凍層底結霜的炭
漸漸熄滅的心音
好比星夜下
岸邊的竹筏纜繩鬆落
隨著潮水漸次滑走……
而彼岸　彼岸的晨曦
照亮彼岸的海面
你一定都有在聽

生日蠟燭

關上燈
眾人期待的一刻
緩緩點燃
我站在最外圈，像鹽
瀕臨溶進黑夜那樣
半暗的臉
像半滿的水瓢
不曉得那一半才是心事……

帶頭的人發聲了
像錨，下在屏息的空氣
我跟著眾人拍手
開口　熱烈的唱歌
祝你生日快樂祝你
快樂　祝你生日

快樂　等你許願
等你吹熄蠟燭
並且帶頭歡呼
笑聲如拉炮的彩帶……
只有熄滅的蠟燭斜擱在桌角
它的生命被冷凍在最高潮
它曾經熱切的呼吸，吶喊，尖叫
炭黑的棉線也曾聽到
我們祝它快樂

八月九號　東豐鐵馬道

多美好呦夏季
我從貝殼裡聽見
啤酒的聲音
輕搖滾　以及
搖床的喘息
整個夏季
騎鐵馬
呀呼——
飆過去
讓我親親
冒著汗踩上坡
沿舊鐵道
從山洞口
前進　大橋罩過濁水溪
翻騰的浪

螢火蟲飛起
芒果香的記憶呦
將會佈滿稻草
的鐵馬道
乘著風
下衝
繃緊的弦音
呀呼——打赤膊
的夏季
沙灘排球
鳳凰花的呻吟
月光呦是最甜的上衣
傻笑　熊寶貝的香
輕輕親側頸
聽　晚風摟著腰

在耳際說
紅紅臉的秘密

輯三　佛身出血

追鹿者排大木

排大木率領他二十四名族人狩獵外出
他的族，血的脈絡像一樹巨檜
根據阿里山的神木，他的族
是大天神哈莫從雲端探下巨掌
將枝頭的楓果繽紛搖落
他族的血是阿里山最甜的果汁

大勇士排大木靜靜蹲在門口
像一頭整理羽翅的畫眉磨著刀
箭鏃白亮亮的高音提醒大天神哈莫
瑪雅斯比祭典即將來臨，清脆的高音
排大木豁然站起，傾耳
聽，鳥聲裡的凶吉
阿里山的呼吸於是

排大木就率領他的族人和狗狩獵外出
他們遠離聚落像一列穿山甲走進
山林　死寂得像火燒過
腳步窸窣踩過草叢　心跳
壓抑像肅殺的鼓音
低伏，臉色鏗鏗鐵青如結霜的石頭
神聖祭典的鼕鼕前奏

排大木率領他的族人狩獵三個日夜
佩帶山豬牙的勇士毫無斬獲　憤怒
像嚴冬的蜜蜂挺起毒針
刺向風　葉片間所有獸都蒸發了
未沾血漬的羞恥彎刀印照變形的臉
疲憊，沮喪，高聳的樹下煮食山蘇

月光鑿破烏雲的瞬間獵犬狺狺暴起
排大木和他的族人驚醒
白鹿彳亍凝視　拔足
如星　汗與血的追逐
山澗，密林，峽谷，榮耀與恥辱
瀑布般喘息　循北東北阿溪縱走
山的肩膀朝向日出的天之路

像一則閃電的啟示白鹿
狂奔，休憩，誘惑排大木和他的族
如蛾追求著燐火
又是三個日夜
刈芒刮出累累血痕　活著，追逐
身配雉羽的勇士朝向日出
山的隘口　白鹿像一顆領航的星

第七度，當啟明的星墜入日出的雲
太陽升起　白鹿衝出山林
旋風撞入深綠的潭水
金燦的光籠罩：來，過來
快過來這魚與蜜的應許之地
眾山涵養萬年的珍珠之地
日月的潭　排大木你要率領你的族邵族

這樣起誓：大天神哈莫令我，令我追隨白鹿來到這地
守護日月的應許　像潭邊的大茄冬樹永不離棄
我的族將永隨茄冬的葉茁壯茂密日月潭是我族的血誓之地

午後的視窗

午後的陽光
隨一綹綹枯陷的稻草
在眼裡燒起來
扭轉的熱力
驚醒整條電線
和麻雀　腦神經跳動
閃爍多層次的視覺
在玻璃帷幕重複
疊影車流從我
平面視窗往外望
蟬聲都蒸發了
候鳥全面提示警戒
大規模的能量即將衰竭

月

我逼近——
大樓的玻璃帷幕
層層反射身後
鋒利的月　向下
切割黯淡的
意識向前走進
鶴嘴鋤敲擊鐵礦的音色
迴盪空氣　我的
耳膜一片沈默
火光閃爍眼前　逐步
崩落　在底層游走
面臨背後幾近沸騰的拳擊
除了可言喻的部分
反彈　其餘穿透玻璃

照在大廳石英磚
冷清的胸膛

直升機彌撒曲

在窗口隱約
聽見直昇機突突上升
盤旋的聲音　意志
高速運轉　輕
而堅硬的鈦金屬
攪動我懷中的空氣

它或許是在窗戶另一面
超越我視野的範疇
透過打擊節奏炒熱
我的心跳
——仰望無垠天空
隆隆的啟示從雲間直逼來
像一道語言劃亮黑暗的大海面
歷歷召喚顛倒的船隻：聽啊　人子

獨立的日光

葉片切割陽光　地面
破碎的亮點隨風
漂浮　偶爾聚合
又散開　聲響
起落　像半夜的
門　心跳開闔

我聽到腳步聲在頭頂來回
啁啾　撲簌簌的意志
隨風顫動　枝椏
傾軋　交鋒終極統一
與廢統之類
的問題　毅然
起身遠離　我確信
陽光不因為陰影而變形

早蟬

某種聲音從腐壞的黑暗中
破土　輕薄的羽翼
高速拍動　霍然
攀升　從上風
一把火　點燃
兵刃的叫囂　唧唧
的硝煙　欲望
一併爆料

似乎預告灼熱的時光即將
如一團烏雲　在熱帶海面高層
成型　幢幢黑幕閃爍
降臨　挾帶暴雨
和雷霆　撼動
人心　無窮的訊息搖擺

如狂風中的檳榔樹
興起一股瀕臨折腰的悲哀
舉頭三尺上的雷聲隆隆作響
心在方寸之內敲
像雲豹
在著火的森林逃跑

我清楚看見

我清楚看見他回頭
望天　的神情
怔怔像一尾上鉤的魚
拍打尾鰭　濺起的水花
興起一陣刮鱗的聲音
沈默　只剩春末的梅雨
淅瀝瀝滴在鐵窗外
坎陷積水的心

我知道這片烏雲還會盤旋
福爾摩沙上空　撲翅
像一頭噬血的蝙蝠
干擾電視收訊
黑白的旗幟搖喊畫面
齜牙撕裂政論節目的劇情

——我聽見雨聲又開始
在鐵棚上敲
鼓鼓的溼氣漲潮
霉斑像黑色的煙火在四壁招搖
含水過多的土壤漸呈鬆動
只能望著窗外的天空
麇聚的蜻蜓，低飛
暗暗著急

佛身出血

（一）
如同瞎子空洞的眼神
一朵漆黑的雲捉摸而來
枴杖聲似滴答答的
遠方衝鋒槍
掃射街道　子彈
鑲在佛陀高舉匕首
割肉餵鷹
的那隻手腕上
動脈發出金屬色的聲響
不斷挖掘壁畫
截斷血脈
心就像彈出的彈殼
那樣高燒而不規則的
暴衝著

倒在地上
被隨後進場的清潔人員
像報廢的塑像
捆一捆抬走
我佛
土地上的血
漸漸凝結，風乾
淤黑的血塊
蒸發到天上去
聚成一條黯淡的眼罩
從最高的山巔上
飄下來了
我聞到烏雲裡的血味
黑色的暴雨就快要降下來了
巨大的黑青掌痕

帶著火藥味用力摑在天空
那麼多人卻只是摀著臉
默默掉頭走開

（二）

我佛　一灘血從人間
最高的負雪山巔
蒸發　到天際
是否還留有
一絲腥味
像刮鱗
洗不掉指尖
掙扎彈跳的氣味
白布條的示威抗議
槍枝在掃射後

像著火的九重葛
攀滿一長牆鐵刺籠
在晚春的空氣裡喘息散熱
落花偶爾飄進陽台
電視轉播圍城的消息：
身披紅袈裟的僧侶高誦
我佛
當你親見黑暗
將近　咬斷桌前油燈
的血管前
那一聲痙攣
還能端坐紫金蓮
像我　拿起遙控器
瞬間切台嗎　一顆心
像衝出水面的魚

咬穿鐵鉤　嘴角的血
是冷的　左右
抽搐　像虛弱的火把
在天風中顫抖
像草在雪地裡掙扎
像舉奧運聖火的人穿過零落的抗議
喃喃誦經聲燒成火把上的黑煙
像被機關槍瞄準時
顫顫舉起的
那雙手

（三）
我佛無漏不可思議
彈指是恆河沙劫
當槍戰像寡婦的黑面紗罩住

整座寺廟　抽搭
哭泣　子彈
在金身留下疤痕
一滴血　從指尖落到地面
需要多少時間
血花在煙硝中炸散
那麼多肉身
敗壞　蓮華種子
什麼時候開　遠遠
聽說軍隊肩荷著步槍像蜂針
螫向我佛
鎮壓的音量
隨著坦克車輾過
山巔　通往天際的路
世尊是否仍安身

在淨土
眼見顛迷的蛾
撲向紅焰飄飄的旗幟
天色啞闇
子彈燒出無數條焦黑的路——
——螢螢火種
像燒紅的念珠
點點燙傷掌心　煩惱
撥轉不盡
如是我聞凡所有相皆是虛妄
乾枯的色身
是否真能栽植蓮花

如來血花

烏雲從遠方的天際赫然蒞臨
像一團戰火逐步逼身
以瘋狂的刺槍術
撲天蓋地——
黑雨
如訃文
捎來人間
最高的負雪山巔
著火的消息
夾帶呼救聲的煙
升起　穿過封鎖的邊境
像黑色鴿子
越飛越高
卻不曉得能去哪裡
幾聲哀哀低鳴後

掉頭俯衝　像念珠斷了線落地
通天前行的一路上
盡是暴雨
天　就要黑了
坦克車在我佛身上
咬出一排帶血的齒痕
山巔的積雪就快要融化了
水光噙在半空
我佛半閉的眼睛
閃閃像哀傷的蝴蝶發不出叫聲
努力拍打翅膀
在世界的另一邊
鐵色的雨幕就這樣降下——一時
如來在末世說法
通往極樂之路

槍　趕在婆娑天女之前
撒落朵朵血花

冬曲

日光在驚豔中盛開
如彼時　屢遭折敗的枝椏
在許久的療傷之後
終於帶著疤痕
打開房門　四顧
怯怯向前跨步
直到失火的心跳漸漸熄滅
才像白鷺鷥歛羽入睡
——不要說話，陪我走
在圳岸　波光撲翅
陰晴你的臉龐　回暖
的日子像接吻那麼短暫
心裡都知道前方一個轉彎後
怪手正大肆開挖河堤　腳步
能不能放更慢一點

荏苒的水流中鷺鷥舉足
不前　高抬的鐵鍬
下手請輕一些：我知道
即使溫室，冬季不再寒冷
日落的時間也不會因此往後延

浴室的獨白

有個疲憊的人走進我的身體
脫下領帶襯衫長褲和城市的灰塵
像一朵瀕臨枯萎的百合花
在石礫猙獰的懸崖上　迎著風
仰望我灌溉他　和他的薪資業務愛情
蓮蓬頭的水柱從頭頂滑過肩胛
深呼吸　我聽到他在水花裏深呼吸
抬起雙手抱住頭深深吸氣
像一尾釣上岸的魚　呼救的鰓
一開一闔他在我的心裡我正感覺到
他把頭埋進洗髮精的泡泡裡
棉花糖的童年記憶
瞇著眼睛看世界　吐氣
直到白色的泡沫讓眼角滲出淚水
一沖　所有幻想都從排水孔朝陰暗的下水道流盡

濕漉漉的頭髮滴著水　張開眼睛
摸著鏡子裡
沒有脈搏的呼吸
平板的臉龐滾滿汗水
我的胸臆盡是氤氳的水氣
看著他被亂烘烘的熱霧大口吞沒
一轉身　擠出洗面乳也把自己的臉抹去
就像扭開萬花筒倒出亮片那樣
把雜染的五官攤在掌心　輕輕淘洗
顛倒的夢想對著蓮蓬頭的水流
我看到淋花的臉譜
油彩一柱一柱往下流的悲
和喜　困在鏡子裡怔怔望外　走
不出去　走不出去用力搓洗自己的身體
欲望的油垢從靠近心臟的地方浮起

卡債車貸房貸保險套財務報表
角質越厚越老　沈積
一副石化的盔甲壓得他喘
不過氣　昂起頭我看見暖慢的水流
從下頷滑過喉結肩胛肚臍腿脛
薰衣草的香指壓過僵直的背
小丑魚穿梭海葵那樣
城市裡的他奔波在不同
大廈樓層房間不懈地拉開又推入抽屜
拿起一疊資料　填寫　修改　放下又拿起
上下電梯　刷卡上班下班進出捷運
拿鑰匙開門　終於回到我心底
像工蜂抖落花粉洗盡
門外飄浮著噓聲的空氣
水霧汨汨環抱著背脊

洶湧的體溫
在耳際喃喃吹氣
燈泡黃橙橙的香味繚繞夢境
躺在一大片柑橘花林
我讀取他的身體：
從鬆弛的彈簧床上睡醒
揹揹肩膀　皺折的床單像花瓣
綻放半裸的情侶　揉揉鼻尖
翻身　遁入另一場火車從地下鐵穿出的夢境
瘦瘦的車票握在滲汗的掌心
青春退潮　昨夜的擁抱
讓他像穿洞的票根　縮著頸子
步伐帶著出站作廢的恐懼
自動門開啟
激情的寒流撲向他

從領間灌入公事包翻閱升遷申請表
一陣哆嗦　釘書針自身份證影本的額頭
刺進去　粉味的唇印按在頸間
哐啷響起乾杯的聲音
直到飯局的空檔走進廁所
照鏡　才酒紅著臉說：
我對不起你
你一直在我眼前
像一叢野薑花把臉埋進水面
搖擺的倒影是我望向你
不可思議的切割
我伸手向主體　碰
不到你　旋起的聲色吹皺我的面容
隔著敲不破的鏡面　我嗅
不到你的香氣　癒合

又碎裂　仰望層層天際
浮雲搜尋你　交錯
杯觥的光影反照
酒杯裡我的臉張口喊
不出聲音　放流言的人
舉酒　將臂彎鉤在我的後頸
盡是毛骨悚然的寒意——我看到
和煦的陽光像沐浴乳的泡泡
綿綿親吻你　水花濺起
衣服晾在岸邊
飛機的影子投射在草坪
你追著沿草坡起伏的倒影
朝景象越來越模糊的熱霧中淡出
而去　從溫室走出去　心臟
像熱水器在寒流的室外隆隆作響

關燈入睡前我看到
一株早春的百合
在料峭寒風中招展色身
層層包裹的心事壓抑在岩石下方
站在人煙罕至的角落迎風
挫敗　掙扎的香
如晨曦　針一樣的光
繡在大海上
翻浪間
瀰漫胸懷

無所事事的日子

睡醒睜開眼睛就下定決心
要把今天活成一杯冷掉的咖啡
和鬆餅　擺在櫥窗
看人行道上的紅綠燈
對我眨眼睛
陽光淅瀝瀝打在
我翻身賴床的背脊
雖然沒有人和我打招呼
出門前還是記得刷牙
帶手機　有禮貌而且不C
好幾次震動鈴聲從背包直達心臟
我不接　像愈走愈險峻的羔羊
眼光盯著天際的草地　轉角
超商又響起歡迎光臨
我的蹺課，失業，掛網

都像路邊抬腳小便的流浪犬
歪著頭仰望雲影——傾聽
卡車隆隆把太陽從東
載向西　計程車狂按喇叭
超速　救護車搶救生命
的福音　從白天到黃昏
鬧鐘的聲音
垃圾車從巷口駛進的聲音
這一頁到下一頁，翻過
生命　越薄，越記
無所事事的一天無事
可記　惟走出鍋鏟油煙後
媽媽們拎著垃圾奔進
少女的祈禱

週末不工作

今天可以活得像一件吊嘎仔
晾在陽台
隨風空蕩蕩的飄嗎

睡到自然醒
賴床　像乾的咖啡渣
磨得粉碎
再也沖不出味道

即使被當成一捆無法焚燒的廢電線
可以活得像一首寫壞的詩嗎

時間從窗口把手伸入我的身體
像陽光　照在冰山
透入心臟

冷冷的
融掉
從上午到下午
一灘水緩緩蒸發
即使冷冷的錢幣貼在胸口
像聽筒　也測不到
血壓——站在斷層的山
轉個彎
走向背陽坡
森森的冷杉林
一陣霧來就是雨
隔著雲永遠是訊號搜尋中——

夜班

升高的體溫我的汗
在半夜啟動
像紙張靠近火焰
捲起慢慢變黑
輕輕一彈就粉碎
落在地上
乾涸的身體
黑夜裡匍匐前進
一條一條的油污劃過工作服
像擱淺的鯨魚
佈滿礁岩的痕跡
鐘乳石滴滴答答的秒針累積薪水
身體卻是破洞的口袋
青春噹啷落地

——曾經我也是驪歌中的鳳凰花
騎摩托車環島
一股熱血隨排氣管呼呼的煙
飄上天　雲變成切・格瓦拉的臉
想像滂沱的大雨
盡洗行道樹——
不過幾陣風穿過的時間
只剩黑色的果莢
懸在半空
像我的名字
打卡機印出一排數字
生命又黑了一格

失業

聽說你一直撐著破了的傘
走在雷雨的街道
像淋濕的野狗
不知道為什麼望著天空
從夏天到夏天
一直騎摩托車
繞著城市
像逐水草的牛
不時仰天嗅著青草的氣味

投出的履歷，你說
像造勢的熱氣球
鬆手後就從眼前漸漸消失
三不五時掏出手機
深怕像打瞌睡的捕手

漏接面試的電話
——踩過
誠徵伙伴的廣告單
在雨後，陽光像軟爛的紙屑
還來不及辨析字跡
天就已經轉暗——
等明早，又像發傳單那樣
在十字路口彎下腰
將自己的身世
遞給陌生人
並細聲說出：謝謝

鬥魚

每天晚上
心，像鬥魚
在胸腔
對著玻璃缸衝撞
電視機前
看見主人招搖飼料罐的身影
就加速鼓動腮鰭
吐出泡泡高喊
加薪。抑制房價。社會公平。
帶著夢境的澄淨透亮
向上旋轉膨脹
破水而出
才清醒

紙鶴

每次領薪水
心，就像鸚鵡
在籠子裡嘎嘎地叫
鼓起不太乾淨的白色翅膀
拍個兩下
喝點水，回家
對著徵人啟示
把印壞的履歷表對折
再對折　從學經歷的部分撐開
翻到背面
照著書上的步驟
想要一舉拉開
就失敗——兩寸的臉
多了好幾條線
對我微笑：該睡了

紙鶴
不成型
書桌擱著

大退潮

大退潮
原先淹在浪下
難以勝數的廢棄物紛紛現出
像目睹吸毒者挽起衣袖
針扎的血痕
刺痛眼
那樣不知所措
只剩螃蟹像趕不及公車的乘客
笨拙而倉皇的
想追——是我來得太遲嗎
綴滿蕾絲的海岸
早被碎玻璃畫出裂縫
當潮流迴轉
一拉，就脫線
殆盡矣

漫長的沙灘不知還埋了多少垃圾
只見天色正在轉暗
氣溫降成藍燈
堤防大後方
也許下一批旅人抵達時
又是漲潮
漁汛會洄游
但此際我站在堤防上
拿著釣竿
半空揮舞的釣線
再精準也不可能穿過潮間帶
把捲走的浪
一勁拉回
況且海風又這麼冷
寄居蟹吃力扛著寶特瓶蓋

想縮
都縮不起來

祇今，汝在我心懷

——第三書：手語

翻身，起床
在寒流的早晨靜靜刷牙
天空像斷訊的樣子
隔著厚重的雲層
憑空想像
虱目魚在寒害中
擠在一塊
再怎麼摩擦
血液還是冷冷的
像我們冰冷的手腳那樣
輕輕一碰　像針
在彼此的身上
繡出黑色的刺蝟
從窗戶望出去

陰鬱的街道像一場皮影戲
每個人都被線牽住
背著光
打出陰暗的臉
——我指了心臟和唇
作出擁抱的姿勢
拿起桌上的打火機
轉身出門——
希望你能聽出我的血液擱淺心臟四周
像瀕臨翻肚的魚
喃喃張口
卻喊不出聲音
是抱住一團空氣嗎
喉嚨像乾啞的炭
擠出來的聲音會把房子燒光

祇今，汝在我心懷

——第八書

終於漸漸開始習慣新的生活
活生生的
在砧板上彈跳，用力
我要用力甩動尾鰭
在空氣中
進化　每晚睡前對生命許願
尾鰭要從中間裂開
刮掉鱗
隔天就能站起來——新的生命
從後照鏡看見一道身影
站在豪雨中縮小
揮著手
模糊的臉孔
再定睛就是一條一條的水柱
前方暈散的路燈，行人

和街景
雨刷一撥
都甩落路面
在身後淅瀝瀝閃光
隨路旁拋錨的車子喇叭聲大響
越遠，也就安靜了
——是到了該下車的地方嗎
撐傘匆匆走進辦公室
推開門
按亮牆上的燈
只見一片大退潮的沙灘
把玻璃帷幕
和月亮
推遠到看不見的天際
彈塗魚在潮間帶

用胸鰭爬
用濕潤的皮膚呼吸
濕軟的沙地又鹹又澀又苦
紅樹林深密密的支柱根在兩旁
架住傾斜的天

讀詩人08　PG0595

火宅

作　　者　徐培晃
責任編輯　孫偉迪
圖文排版　蔡瑋中
封面設計　陳佩蓉
封面構圖　黃敬欽

出版策劃　釀出版
製作發行　秀威資訊科技股份有限公司
114 台北市內湖區瑞光路76巷65號1樓
電話：+886-2-2796-3638　傳真：+886-2-2796-1377
服務信箱：service@showwe.com.tw
http://www.showwe.com.tw
郵政劃撥　19563868　戶名：秀威資訊科技股份有限公司
展售門市　國家書店【松江門市】
104 台北市中山區松江路209號1樓
電話：+886-2-2518-0207　傳真：+886-2-2518-0778
網路訂購　秀威網路書店：http://www.bodbooks.com.tw
國家網路書店：http://www.govbooks.com.tw
法律顧問　毛國樑　律師
總 經 銷　聯合發行股份有限公司
231新北市新店區寶橋路235巷6弄6號4F
電話：+886-2-2917-8022　傳真：+886-2-2915-6275

出版日期　2012年1月　BOD一版
定　　價　200元

Printed in Taiwan

國家圖書館出版品預行編目

火宅 / 徐培晃著. -- 一版. -- 臺北市：釀出版, 2012.01
面； 公分. --（語言文學類；PG0595）
BOD版
ISBN 978-986-6095-42-9（平裝）

851.486 100014522

讀者回函卡

感謝您購買本書，為提升服務品質，請填妥以下資料，將讀者回函卡直接寄回或傳真本公司，收到您的寶貴意見後，我們會收藏記錄及檢討，謝謝！

如您需要了解本公司最新出版書目、購書優惠或企劃活動，歡迎您上網查詢或下載相關資料：http:// www.showwe.com.tw

您購買的書名：________________________________

出生日期：________年________月________日

學歷：□高中（含）以下　□大專　□研究所（含）以上

職業：□製造業　□金融業　□資訊業　□軍警　□傳播業　□自由業

□服務業　□公務員　□教職　□學生　□家管　□其它______

購書地點：□網路書店　□實體書店　□書展　□郵購　□贈閱　□其他

您從何得知本書的消息？

□網路書店　□實體書店　□網路搜尋　□電子報　□書訊　□雜誌

□傳播媒體　□親友推薦　□網站推薦　□部落格　□其他__________

您對本書的評價：（請填代號　1.非常滿意　2.滿意　3.尚可　4.再改進）

封面設計____　版面編排____　內容____　文／譯筆____　價格____

讀完書後您覺得：

□很有收穫　□有收穫　□收穫不多　□沒收穫

對我們的建議：________________________________

____

____

____

請貼
郵票

11466
台北市內湖區瑞光路 76 巷 65 號 1 樓
秀威資訊科技股份有限公司 收
BOD 數位出版事業部

....

（請沿線對折寄回，謝謝！）

姓　　名：＿＿＿＿＿＿＿＿　年齡：＿＿＿＿　性別：□女　□男

郵遞區號：□□□□□

地　　址：＿＿＿＿＿＿＿＿＿＿＿＿＿＿＿＿＿＿

聯絡電話：（日）＿＿＿＿＿＿＿＿＿（夜）＿＿＿＿＿＿＿＿＿

E-mail：＿＿＿＿＿＿＿＿＿＿＿＿＿＿＿＿＿＿